La Llorona Can't Scare Me
La Llorona no me asusta

By / Por
Illustrations by / Ilustraciones de

Xavier Garza

Spanish translation by / Traducción al español de

Gabriela Baeza Ventura

Piñata Books
Arte Público Press
Houston, Texas

Publication of *La Llorona Can't Scare Me* is funded in parts by grant from the Clayton Fund, Inc. and the Texas Commission on the Arts. We are grateful for their support.

Esta edición de *La Llorona no me asusta* ha sido subvencionada en parte por la Clayton Fund, Inc. y Texas Commission on the Arts. Les agradecemos su apoyo.

APP and Xavier Garza are grateful to Elena Villarroel Pluecker, a second-grade student, for her help with the Spanish translation.

APP y Xavier Garza agradecen a Elena Villarroel Pluecker, estudiante de segundo año, por su ayuda con la traducción al español.

Piñata Books are full of surprises!
¡Piñata Books están llenos de sorpresas!

Piñata Books
An Imprint of Arte Público Press
University of Houston
4902 Gulf Fwy, Bldg 19, Rm 100
Houston, Texas 77204-2004

Cover design by / Diseño de la portada por Bryan Dechter

Library of Congress Control Number: 2021938594

∞ The paper used in this publication meets the requirements of the American National Standard for Permanence of Paper for Printed Library Materials Z39.48-1984.

Printed in Hong Kong, China by Paramount Printing Company Limited
June 2021–August 2021
5 4 3 2 1

This book is dedicated to La Llorona and all of her monster friends, *los cucuys.* May their stories be forever told.

—XG

Le dedico este libro a la Llorona y a todos sus amigos monstruos, los cucuys. Qué sus cuentos sean contados hasta la eternidad.

—XG

The scary ghost called La Llorona is hollering up a storm outside little Damian's bedroom window. "*Ay, mis hijos.* Where are my children?!" La Llorona screams at the top of her lungs in a very scary voice.

"You can't scare me, silly Llorona," says the boy as he gets ready for bed. "Not even a little bit!"

It's true. No matter how loud she screams, she cannot frighten Damian. La Llorona decides to ask her friends for help.

Un fantasma espantoso conocido como la Llorona está gritando sin parar afuera de la ventana del pequeño Damián. "Ay, mis hijos. ¡¿Dónde están mis hijos?!" grita la Llorona a todo pulmón en una voz aterradora.

—No me asustas, tonta Llorona —dice el niño mientras se prepara para dormir—. ¡Ni un poquito!

Es verdad. No importa cuán alto grite, ella no puede asustar a Damián. La Llorona decide pedirle ayuda a sus amigas y amigos.

Some scary witch owls are flying around Damian's room. They flap their wings and screech, "*Hoot, hoot, hoot.*" They are trying *really* hard to frighten Damian, but it does not work.

"You can't scare me, silly witch owls," he says and lies down on his bed. "Not even a little bit!"

Unas escalofriantes brujas lechuzas están volando en el cuarto de Damián. Aletean y gritan, "*Juuu, juuu, juuu*". Están haciendo todo su esfuerzo por asustar a Damián, pero no funciona.

—No me asustan, tontas lechuzas —les dice y se acuesta en su cama—. ¡Ni un poquito!

"Who is that I hear whispering under my bed?" asks Damian and takes a peek. "Why, it's three little green trolls making scary noises! Are you trying to scare me?"

"Yes!" they scream.

"You can't scare me, silly *duendes,*" says Damian and pulls the covers over himself. "Not even a little bit!"

—¿Quién está susurrando debajo de mi cama? —pregunta Damián y se asoma—. ¡Mira nada más, son tres duendes verdes y pequeños haciendo sonidos aterradores! ¿Están tratando de asustarme?

—¡Sí! —gritan.

—No me asustan, tontos duendes —dice Damián y se tapa con las cobijas—.¡Ni un poquito!

KNOCK, KNOCK. KNOCK, KNOCK.

"Who is knocking at my door?" asks Damian. "*He-haw, he-haw*" he hears and on the other side of the door. Damian peeks through the keyhole. He sees the Donkey Lady with her long ears.

"You can't scare me, silly Donkey Lady," says Damian and walks back to bed. "Not even a little bit!"

TOC,TOC. TOC,TOC.

—¿Quién está tocando mi puerta? —pregunta Damián—. *Íja, íja* —oye y se asoma por el ojo de la cerradura. Ve a la Señora Asno con sus largas orejas.

—No me asusta, tonta Señora Asno —dice Damián y vuelve a su cama—. ¡Ni un poquito!

THUMP, THUMP. THUMP, THUMP. THUMP, THUMP.

Damian hears something running across the rooftop. He gets up, looks out his window and catches a glimpse of a chupacabras leaping off his roof onto the big ash tree next to the house. His sharp teeth glisten in the moonlight.

"You can't scare me, silly chupacabras," says Damian and closes the curtains. "Not even a little bit!"

PUM, PUM. PUM, PUM. PUM, PUM.

Damián oye que algo corre por el techo. Se para de la cama, se asoma por la ventana y alcanza a ver que un chupacabras salta de su techo hacia al gran fresno al lado de la casa. Sus afilados dientes brillan en la luz de la luna.

—No me asustas, tonto chupacabras —dice Damián y cierra las cortinas—. ¡Ni un poquito!

When he turns to get back in bed, Damian sees little red devils jumping on his bed. Up and down, up and down they jump with their pitchforks.

"You can't scare me, silly little devils," says Damian and pushes them off the bed. "Not even a little bit!"

Cuando se da vuelta para meterse a la cama, Damián ve unos diablitos rojos saltando en su cama. Saltan para arriba y para abajo una y otra vez con sus trinches.

—No me asustan, tontos diablitos —dice Damián y los empuja al suelo—. ¡Ni un poquito!

D
D
D

Damian hears a voice outside his bedroom window. He gets up again and goes to the window. He sees a scary witch casting spells at his house.

"You can't scare me, silly *bruja,*" he screams and closes the curtains tightly. "Not even a little bit!"

Damián oye una voz afuera de su cuarto. Se levanta otra vez y va a la ventana. Ve que una bruja horripilante está lanzando hechizos a su casa.

—No me asustas, tonta bruja —grita y cierra las cortinas muy bien—. ¡Ni un poquito!

Just as Damian is about to fall asleep, he hears spooky moaning sounds. A ghost all dressed in white and rattling chains comes through the door.

"You can't scare me, silly ghost," he says and pulls the covers up to his face. "Not even a little bit."

Justo cuando Damián está a punto de quedarse dormido oye unos gemidos tenebrosos. Un fantasma todo vestido de blanco y arrastrando cadenas atraviesa la puerta.

—No me asustas, tonto fantasma —le dice y se cubre la cara con las cobijas—. ¡Ni un poquito!

But before Damian falls asleep, he hears the door to his closet creak open. A cucuy crawls out carrying a burlap sack.

"I'm going to steal you away," he threatens. "Are you scared now?"

"No, not even a little bit."

"Why not?" asks the cucuy.

"Because I'm too big to fit in your sack," says Damian and turns his back.

Pero antes de dormirse oye un chirrido y se abre la puerta de su closet. Un cucuy se escurre con un costal de manta.

—Te voy a llevar conmigo —le amenaza—. ¿No tienes miedo?

—No, ni un poquito.

—¿Por qué no? —pregunta el cucuy.

—Porque estoy demasiado grande para caber en ese costal —dice Damián y le da la espalda.

Next a skeleton appears and begins to sing and dance around Damian's bed. It tries very hard to scare him with spooky music.

"You can't scare me, silly skeleton," says Damian and he starts to sing and dance with the skeleton! "Not even a little bit!"

Enseguida aparece un esqueleto y se pone a cantar y bailar alrededor de la cama de Damián. Hace todo intento por asustarlo con música de terror.

—No me asustas, tonta calaca —dice Damián y ¡se pone a cantar y bailar con el esqueleto! — ¡Ni un poquito!

“La Llorona can’t scare me,” says Damian, getting back into bed. “Spooky witch owls, creepy *duendes,* a Donkey Lady, a chupacabras, little red devils, a ghost rattling chains, a cucuy and a skeleton, none of you can scare me. Not even a little bit!”

—No me asusta la Llorona —dice Damián volviendo a su cama—. Escalofriantes brujas lechuza, duendes espantosos, la Señora Asno, un chupacabras, diablitos rojos, una bruja horripilante, un fantasma arrastrando sus cadenas, un cucuy y una calaca, ninguno de ustedes me asusta. ¡Ni un poquito!

"Why aren't you scared of us?" asks La Llorona.

"Do you really want to know why I'm not scared of you?"

"Yes," says La Llorona. "I *really* want to know."

"Do the rest of your monster friends really want to know why you can't scare me, not even a little bit?"

"Yes!" they all reply in unison. "We all want to know."

—¿Por qué no nos tienes miedo? —pregunta la Llorona.

—¿En verdad quieres saber por qué no les tengo miedo?

—Sí —dice la Llorona—. En verdad quiero saber.

—¿Y todos tus amigos monstruos también quieren saber porque no me asustan, ni siquiera un poquito?

—¡Sí! —todos responden al unísono—. Todos queremos saber.

"It's because I have a secret weapon," says Damian, pointing to a night light. It is shaped like a wrestler wearing a silver mask.

"My mighty *luchador* night light will make you all go away," he declares and turns it on.

—Porque tengo un arma secreta —dice Damián apuntando a la lamparita nocturna. Tiene forma de luchador con una máscara plateada.

—Mi lamparita del poderoso luchador hará que se alejen —declara y la enciende.

The bright light emanating from Damian's mighty *luchador* night light makes La Llorona and all of her monster friends shriek and look for a place to hide!

"And that's why you and your friends can't scare me, Llorona," says Damian proudly as he falls asleep. "Not even a little bit."

La luz brillante que irradia de la lamparita del poderoso luchador hace que ¡la Llorona y todos sus amigos monstruo griten y busquen un lugar para esconderse!

—Y es por eso que ni tú ni tus amigos me asustan, Llorona —dice Damián con orgullo y empieza a quedarse dormido—. ¡Ni un poquito!